AF145220

Gelebte Träume

Gedanken und Träume
aus dem täglichen Leben

Gedanken formen unser ICH.
Gedanken fragen nicht nach dem ‚Wo' oder ‚Wann'.
Gedanken kommen in unser Leben, manchmal ungefragt.
Gedanken möchten entdeckt und beachtet werden;
schlechte am liebsten sofort vergessen, gute festgehalten werden.

Gedanken formen unsere Träume.
Durch den Alltag bestimmt haben wir oft nur nachts die Möglichkeit
unsere Träume *auszuleben.*
Doch letztlich formen unsere Träume unser gesamtes Leben – denn
es ist das, was unsere Herzen sich wünschen.

Gelebte Träume

Gedanken und Träume
aus dem täglichen Leben vieler Menschen

In Worte gefasst von

Heike Kessel

Informationen über Heike Kessel finden Sie unter
http://www.heikekessel.de

Erschienene Bücher:
Ausstieg   ISBN 978-383704-4874
Blickwinkel   ISBN 978-383740-2764
AusBlick   ISBN 978-383708-3132
Erhältlich in allen Buchhandlungen, online oder als ebook.

Weitere Sonderausgaben aus Lesungen als Booklet sind über die
Autorin zu erwerben.

Erschienene Hörbücher:
„Relax & Energy Mood" - Entspannung, innere Balance und Stärke
(Entspannungs-CD in mp3-Format, erhältlich im Internet)

Hörbuchlesung als CD nur über die Autorin

Impressum:
Herstellung und Verlag:
BoD - Books on Demand, Norderstedt.
Gelebte Träume   ISBN 9-783732-295548   2. Auflage

Bibliografische Information der Deutschen Nationalbibliothek
Die Deutsche Nationalbibliothek verzeichnet diese Publikation in der
Deutschen Nationalbibliografie; detaillierte bibliografische Daten sind
im Internet über http://dnb.d-nb.de abrufbar.

Inhalt

Die Autorin

Heike Kessel

lebt seit ihrer Geburt 1967 derzeit das erste Mal in ihrer Geburtsstadt Düsseldorf. Zuerst vieles recht fremd, entdeckte sie - genauso wie durch die Vielzahl der Blickwinkel ihres Reiskorns zu ihrem ersten Buch ‚Ausstieg' - sehr schnell wie viel wunderbare Seiten und Menschen diese Rheinmetropole mit sich bringt. Sie würden nicht glauben wie das Originalfoto von Seite 73 aussieht.
Hinzusehen bedeutet ein weiteres Stück Heimat zu ent-decken.

Ihre Eindrücke des Lebens sammelt sie als Autorin und Coach weiterhin überall auf der Welt und im Geschehen der Menschen im Miteinander, während Träume jederzeit und unabhängig des Ortes gelebt werden dürfen, um zu den Tiefen und Wurzeln der Seele zu kehren. Oft wird sie gefragt, ob sie all Niedergeschriebenes selbst erlebt. Auch, wenn sie es nicht verraten würde ist schwerlich anzunehmen, dass ein Koch alle Speisen selbst verzehrt, obgleich er sie selber zubereitet. Ebenso ist es mit unseren Träumen. Der ein oder andere wird nachts durchlebt, obgleich am Tage nie erlebt.

Jede Seele, jeder Mensch, jedes Herz, hat einen ganz individuellen Alltag und ebenso individuelle Träume.

Lesen Sie hinein wie unterschiedlich Träume er- und gelebt werden können.

Danksagung

Meine Danksagung gilt meiner Familie, meinen Freunden und allen Gefährten, die mich auf dem Weg in meine Geburtsstadt Düsseldorf begleitet haben.

Ich danke meiner Mutter, die mich vor Jahren unwissend ermutigt hat Gedanken niederzuschreiben, sowie den Menschen, die mich durch ihre Begegnungen ebenso dazu inspiriert haben.

Ich danke besonders einem Begleiter, der für mich eine wunderschöne Wohnung ausfindig gemacht hat. Eine Oase der Ruhe und des zu Hause fühlens, inmitten einer Großstadt.

Ich danke besonders einem Begleiter, der mir mit Kraft, Zeit und unermüdlicher Energie nicht nur während der Umzugsphase auch bei Unwegbarkeiten zur Seite stand.

Ich danke ganz besonders meinen Weggefährtinnen aus Kreta.

Mein ganz großer Dank gilt den vielen Menschen und Momenten, die das Träumen lebenswert machen, von denen auch ich immer wieder lernen darf das Leben mit mehreren Blickwinkeln zu sehen und die mich in meinem Herzen begleiten. Egal, ob sie es wollen oder nicht, egal, ob sie es wissen oder nicht.

In liebevollen Gedanken,
Heike

Zu **G**elebten **T**räumen....

Als ich die Einladung erhielt den 70. Geburtstag einer bekannten Journalisten zu moderieren war ich bei der ersten Begegnung mit der Dame sofort begeistert. Begeistert von einer Frau, die voller Tatendrang ist. Wie ich erfuhr, hatte sie schon als Kind unzählige Wünsche, von denen sie sicher war, dass sie sich irgendwann erfüllen. Träumend, dass man nur fest genug daran glauben muss und danach sein Arbeiten und Leben darauf ausrichtet. Unbeirrbar.
Zurückblickend, obwohl schon längst im offiziellen Ruhestand, ist sie weiterhin ruhe- und rastlos und sagt mit strahlender Freude nie das Gefühl gehabt zu haben arbeiten zu müssen.
Dem Booklet dieser Geburtstagsfeier widmete ich diesen Buchtitel mit dem Versprechen ein Buch folgen zu lassen, welches Sie nun in den Händen halten.

Gelebte Träume - Betrachtungsweisen aus dem täglichen Leben.

Genießen Sie ein paar Augenblicke, in denen ich Sie mit Erzählungen aus gelebten Träumen bis zu schmunzelnden Blickwinkeln und Illustrationen in Momente des alltäglichen Lebens entführen möchte. Bunt gemischt aus bisher unveröffentlichten Schriftstücken.

Ob auch Sie sich darin wiederfinden werden Sie erst im Nachhinein wissen;
dass Sie ähnliche Träume haben wage ich zu hoffen,
dass Sie zukünftig darauf achten und Ihre Träume er-leben, das wünsche ich Ihnen.

Ihre
Heike Kessel

Alles ist richtig

Leben, toben, lachen,
Einfach fröhlich sein und machen.
Folge deinem Tatendrang und Instinkt,
Und sieh nicht passiv zu wie das Leben dir winkt.

Abzuwägen was geht, anständig ist oder nicht
Fällt oft zu schwer ins negative Gewicht.
Es führt dazu, dass du dich einschränkst oft, vielleicht überall,
das Gefühl etwas verpasst zu haben kommt auf diese Weise später
Knall auf Fall.

Traust du dich DU und authentisch zu sein,
all dein Erlebtes wird dir Sicherheit geben, denn dieser Reichtum ist
ganz allein dein.
Du hast nichts zu verlieren außer jeder Menge Alltagsfrust
Und wirst dazu gewinnen 100% an Energie und Lebenslust.

Alltag

Mag sein, ich bin nicht alltagstauglich für dich,
doch frage ich umgekehrt ‚bist du es für mich?'.
Man kann sich nicht aussuchen wen man wann wo trifft unter welchen Umständen,
manchmal hinterlässt es eine Spur im Herzen;
wie auch immer: Erlebtes kann man nicht mehr wenden.

Die entscheidende Frage ist, ob es dein Empfinden verändert, dich,
dein Leben, neu bestimmt,
du weiter von Gewohntem und vermeintlich Richtigem wirst getrimmt,
ob du erlaubst deinem Herzen zu folgen oder was du bereit bist zu geben,
oder was heißt es für dich einen Alltag zu leben...?

Alltagstauglich

Wie man alltagstauglich ist für das Leben?
Vielleicht ist nicht dies die entscheidende Frage, sondern was man erwartet, als auch bereit ist (auf-) zu geben.

Liegt die Messlatte der Anforderung ähnlich hoch wie im Olympischen Spiel,
ist es für ein entspanntes Leben eventuell zu viel.
Unter Anforderung ungezwungener Umgang kaum möglich ist,
so dass Natürlichkeit, Authentizität auf der Strecke bleiben, das ist gewiss.

Ist man stets verhalten, bemüht sich anzupassen, damit man zusammen ist, es im Beruf oder im Alltag passt,
ist man nicht nur unehrlich zueinander und gibt sich auf, sondern in seinem eigenen Leben ein steter Gast.

Ob man alltagstauglich ist für mein eigenes Leben…?

Ambivalent

Ich genieße meine Ruhe, alleine am Meer zu sein,
dennoch vermiss ich dich und sehe uns in Gedanken in einem Café
sitzen während eines Shoppingbummels.

Ich möchte nur mit mir sein, ganz alleine die Zeit verbringen,
dennoch möchte ich deine Stimme nicht missen und kann es nicht
klingeln lassen, wenn du anrufst.

Fest wie ein Fels in der Brandung schwanken meine Emotionen in
den Wellen auf und ab.

So viel wollte ich dir sagen beim nächsten Mal, doch verkneife es mir
oder habe es tatsächlich nicht parat, weil ich einfach jeden Moment
deiner Anwesenheit und unser Zusammensein genieße.

Klingt das ambivalent?
Nein, gar nicht.
Weil ich dich liebe und darauf vertraue, dass der richtige Moment
dafür kommen wird.

7 Siegel

Die Männerwelt,
ganz anders ist als unsere Frauenwelt,
wir oft nicht wissen, was für Euch wirklich zählt.
Für uns Frauen ein Buch mit sieben Siegeln, verworren und schwer,
auch für mich darin klar zu kommen schaffte ich manchmal gar nicht
mehr.
Mehrfach hätte ich gewollt mich darin besser auszukennen, dem
näher zu kommen,
hättest du die ein oder andere Kommunikationsbarriere erklommen.
Es bedarf kennen lernen, verstehen, manch Erklärung und Geduld,
denn die Erlebnisse der Vergangenheit sind nicht des anderen Schuld.
Es war nicht immer zu verstehen dass manch Verhalten ist keine Ge-
genwehr,
doch Veränderungen sind besonders für dich als Mann sehr schwer.
In den Monaten und Jahren habe ich gelernt über das Männerdenken
sehr viel,
es zu lieben war häufig ein wünschenswertes Ziel.
Dass wir beide das Gleiche wollen, stets daran glaubte ich,
darum bat ich: unterstütz mich in deiner Welt zurecht zu finden,
denn ich liebe dich!

Zurechtgefunden in der Sprache der Männerwelt habe ich mich nun
voll und ganz
und unsere Beziehung steht in vollem Glanz.
Die Zeit hat gezeigt es lohnt sich zu vertrauen,
denn auch auf Siegeln lässt sich ein Leben aufbauen.

Carpe diem

Was machst du während so manch schlafloser Nacht,
hast du auch schon darüber nachgedacht?
Über dies oder jenes, wie oder was ist zu handhaben, zu tun, zu machen,
es sind die Gedanken, die die schlaflosen Stunden bewachen.
Du drehst dich von rechts nach links, wälzt dich hin und her,
willst manche Fragen nicht mehr im Kopf oder klären was offen grad jetzt umso mehr.

Krampfhaft versuchst du es mit allen Tricks, Schafe zählen, Füße reiben,
doch nichts lässt dich entgleiten, in den ersehnten Schlaf endlich treiben.
Du wägst ab was besser ist: lesen, aufstehen, Filme gucken, im Internet surfen, mit Freunden chatten,
irgendwer wird noch wach und online sein, wollen wir wetten?
Irgendwann setzt du dich tatsächlich auf mit Kaffee, Tee oder heißer Schokolade,
wer Muße hat und weder Partner noch Nachbar stört, legt vielleicht auf eine schöne Ballade.

Wem 24 Stunden nicht reichen, der nimmt die Nacht dazu,
die Zeit vergeht ohnehin ohne dein Zutun oder Tatendrang wie im Nu.
Versuch zu genießen dein Leben, jeden Tag, jede Stunde,
genieße Momente, statt darüber zu sinnieren oder versuchen zu heilen so manche Wunde.

Na und, dann fehlt dir halt mal dein Schönheitsschlaf und ausgeruht zu sein am nächsten Morgen,
doch gibt es weltweit nicht ganz andere Sorgen?

Erlaube es dir, schenke dir doch mal etwas ganz anderes zu tun
und dadurch vielleicht mit dir selbst zu ruh'n.
Probiere aus, das ein oder andere Ding was dir sonst so verrückt
erscheint und beobachte was sich innerlich und ohne Druck regelt
und in dir vereint.

So mancher Arzt empfiehlt ‚tu was dir gut tut, egal, ob bei Tag oder
Nacht'
und morgen, überlege dann mal: wie hast du die letzte Nacht
verbracht?

Chaaya - Shadowland under water
- Zurück in die Zukunft...

Herausgerissen oder geflohen aus dem grauen Alltag.
Hineingeführt in eine Traumwelt, die zwischen Rückständigkeit und widersprüchlichem Fortschritt lebt.
Unendliche Geduld, Freundlichkeit und kein Tag, der ohne ein Lächeln vergeht,
Tage ohne wirkliche Zeitmessung, außer dem sicheren Sonnenauf- und -untergang.
Als spektakuläre Abwechslung Sonnenstrahlen, Wind und Regenstürme im Wechselspiel der Naturgewalten, ohne, dass es alltäglich erscheint.

Routine im Nichtstun oder Gelassenheit im Fluss als Quelle der Energie, dankbar aufgesogen wie einen Schwamm.
Barfußzonen weichen wochenlang lästigem Schuhwerk,
der Kleiderschrank schrumpft problemlos auf Schuhkartongröße,
und doch, alles ist richtig.

Reinweißer Palmenstrand und Blüten, kräftig verwurzelte Äste,
Fische in ihrer Farbenvielfalt, Art und Größe zeigen dir wie klein und unbedeutend die Hektik über der türkisklaren Wasseroberfläche wirklich ist.
Chaaya bedeutet Schatten. Shadowland ist dieses Eiland jedoch wirklich nicht.

Zeiten und Kalender sind dennoch unaufhaltsam,
Rückreise, doch zurück?
Zurück in die Zukunft aus der Vergangenheit aus der wir flohen?
Nein, dieser Schattenalltag liegt hinter uns, denn Chaaya begleitet uns wie ein Schatten im Herzen und wirft Sonnenstrahlen voraus ins

Jetzt.

Der ganz große Traum oder Adrenalinkick

Per Zufall waren wir im Kino.
„Der ganz große Traum" hieß der Film. Wunderbar, ernst und lustig, real.
Nun liege ich im Bett und bekomme kein Auge zu. Auch real! Habe kalte Füße und kann nicht abschalten. Während ich bemerke, dass meine Gesichtsmuskeln langsam verkrampfen wird mir erst bewusst, dass ich das Lächeln nicht von den Wangen bekomme. Kein Wunder, dass ich kalte Füße habe. Alles Blut wird im Kopf benötigt. Die Gedanken drehen sich. Bilder laufen ab. Zeitraffer und Schnelldurchlauf zugleich.
In Wirklichkeit bin ich hundemüde, leibhaftig extrem aufgepuscht.

Klingt das nach Widerspruch?
Ja. Nein, doch gar nicht, oder doch?
Ich denke an dich. Sagte ich das schon?

Ja, ich denke an dich. Wie ich gestern von dir träumte, dass ich sagte „komm, lass uns einfach nah beieinander einschlafen. Nur, dass unsere warmen Körper sich spüren. Sonst nichts. Halte einfach meine Hand, leg deine Hand auf meine Hüfte. So möchte ich gerne mit dir einschlafen, um beim Aufwachen in deine Augen zu sehen."

Haaaaaaaallooooo, geht es noch? Hör mal auf zu denken.
Morgen werde ich hundemüde sein und laufe Gefahr mich nicht konzentrieren zu können.
Ich stehe auf. Schalte das Handy ein, schaue nach. Keine SMS. Schalte aus. Schalte das Notebook ein. Keine Nachricht. Schalte aus. Denke trotzdem an dich.

Wieder das Handy: SMS. Von dir. Und schon vor Stunden gesendet. Hm.

Schreibe ich sofort zurück? Oder warte ich noch? Ob Du dein Handy an oder aus hast des Nachts? Ich möchte dich doch nicht wecken. Doch wenn, wäre es schön ich würde deine Stimme hören. Maile ich dir?

Den ganzen Tag bin ich schon völlig hochtourig herum gelaufen.

Mein Herz hüpfte mir beinah aus dem Körper, als du dich im Stau zu mir herüber gebeugt hast, um mir einen Kuss zu geben. Wie gut, dass ich einen Mantel anhatte, sonst wäre es dir direkt auf den Schoß gesprungen.

Es prickelt. Und dabei trinke ich gar keinen Champagner.

1000 Fragen gehen mir durch den Kopf. Nein, 1001. Oder 2, oder 3. Oder….Löchern möchte ich dich.

Der Kuss zum Abschied. Er war schön. Und verlangt nach mehr.

Ach, wenn ich getan hätte, wie ich gefühlt habe…

Wäre es Leichtsinn gewesen? Oder grob fahrlässig? Unbeherrscht? Ja. Nein. Ich weiß nicht. Ich bin vorsichtig. Möchte nicht, dass es genauso schnell geht, wie es gekommen ist. Worauf lasse ich mich da ein? Wer bist du eigentlich? Wie? Ich weiß es doch noch gar nicht.

Trotzdem. Es ist schön. Es ist so schön. Es fühlt sich so gut an, das Gefühl zu leben, zu lachen. Ich mag wie du lachst, mit dir zu lachen.

Aaaach…

Warum seufzt man eigentlich so schwer, wenn man doch glücklich ist?

Ja, weil ich gerade einfach träume.

Du bist nicht da, doch ich träume mit dir – auch, wenn es nur in Gedanken ist. Und ich spüre wie mein Blut in den Adern pulsiert.

Jetzt kann ich erst recht nicht schlafen….

Dick und rund – na und?

(Aus dem Leben eines Ex-Modells)

Schon wieder Sushi und Salatblatt am Folgetag,
hab ich dir eigentlich schon gesagt, dass ich es nicht jeden Tag mag?
Die Diäten hängen mir nach, dass ich nachts davon träume,
auch, wenn die Wunschgedanken schlank zu bleiben sind keine Schäume.
Obwohl ein Radiergummi der reinste Knaller wäre für übermäßige Körperfülle,
ich würde sofort verändern meine äußere Hülle.

Doch würde ich mager und hager, wäre ich übellaunig und fies.
- Ich bleibe dick und rund, na und?

In kein Kleid pass ich wirklich mehr rein,
mein Schrank ist voll von ‚ich hab nichts anzuziehen'.
Du jammerst des Morgens, das Schnarchen begünstigt durch meinen sonoren Umfang,
doch stelle dir vor du hörest stattdessen meinen furchtbaren Gesang?
Wie lieblich die Stimme doch war, als ich jung und zart,
du liebtest jedes Wort von mir, war es noch so hart.

Doch würde ich mager und hager, wäre ich übellaunig und fies.
- Ich bleibe dick und rund, na und?

Zu sehen wie unsere Gäste am fetten Buffet sich an unseren Speisen erlaben,
während ich Wassermelone schlürfte um satt zu werden - nicht unser Budget war der Grund für mein darben.
Dein stets genervtes Fingertrommeln am Tisch während ich früher ewig herumstocherte am Salatblatt,

dir blaue Flecken beim Sex an meinen spitzen Knochen zu holen, auch das hattest du satt.

Doch würde ich mager und hager, wäre ich übellaunig und fies.
- Ich bleibe dick und rund, na und?

Mein Personaltrainer gibt sich alle Mühe und ist sicher wichtig,
doch Laune sportlich zu sein hab ich nicht richtig.
Bei jeder Bewegung denk ich daran was ich dabei wohl verliere
und sehne mich nach einem Leckerlie ganz ohne, dass ich mich dafür geniere.

Frag ich mich wofür dies Geißeln und Quälen, geht das jetzt nicht zu weit?
Der Laufsteg ist doch passé und Vergangenheit.

Würde ich also wieder mager und hager, wäre ich übellaunig und fies:
Ich bin gesund, gut gelaunt, etwas dicker und rund - na und?

Ein Koffer voller Hoffnung

Du bist gegangen, mit dir meine Träume
Deine Hülle ist geblieben
ich hoffe, ich mache mich nicht zu breit...
Dein Geruch lässt nach
ich hoffe, ich versprühe nicht zu viel Duft....
Ich kann mich nicht mehr an den Geschmack deines Kusses erinnern
Deine Lippen auf meinen...
Ich muss ein Foto ansehen, damit ich deinen Anblick nicht vergesse
und doch sehe ich jede Einzelheit vor mir...
Der Geruch in deinem Shirt droht zu verfliegen
doch was bleibt sind meine Erinnerungen
ein Bild für alle Ewigkeit
Ich ahne wie es endet...
Meine einzige Hoffnung ist, dass Umstände sich ändern, bevor in meinem Koffer kein Platz mehr ist...

Einsam, zweisam, komisch

Völlig überraschend tratest du in mein Leben.
Ich bin verwundert, überrascht, was ich spüre oder erlebe,
denn ich bin es nicht gewohnt und finde es komisch zu zweit zu sein.

Harmonie, Lust, und Leidenschaft,
sogar Sehnsucht und stärkere Gefühle wurden innerhalb Kürze
entfacht.

Nun bist du gegangen...irgendetwas fehlt...

Zweisam, einsam, komisch...

1 Ticket bitte, einfache Fahrt

Die letzten beiden Nächte habe ich von Dir geträumt.
Jetzt genieße ich warme Sonnenstrahlen und habe Tagträume.
Während du leibhaftig Achterbahn fährst
machen meine Gedanken das Gleiche.
Noch habe ich keine Ahnung in welche Richtung es geht.
Als ich in den Bus des Momentes gestiegen bin war keine Zielangabe
lesbar.

Mit großer Unwissenheit bin ich eingestiegen,
mutig, irgendwie voller Hoffnung, einzig mit dem Gefühl des Vertrau-
ens.
Und das, obwohl mir weder Reisemitteln, noch Ankunftsort bekannt
waren.

Nun haben wir eine Rast eingelegt, damit sich alle Reisenden etwas
ausruhen können.
Begeistert schauen wir uns um.
Herzklopfen, schon die ganze Fahrt über.

Ob ich daran zweifel, dass ich am richtigen Ort auskomme?
Keineswegs, denn ich weiß Mut und Unvoreingenommenheit sind das
beste Reisemittel und ein guter Weg zum Ankommen.

Energieverbrauch

Hinz und Kunz redet über Energieverbrauch und Ressourcen.
Energieverbrauch, was heißt das schon?
Und wie wird er gemessen?
Ist damit die Stromenergie gemeint, die produziert und verbraucht wird?
Oder ist damit der Grundumsatz eines jeden Menschen gemeint, den jeder verbraucht bei einer gewissen Tätigkeit.

Konzentrieren wir uns auf letzteres, so ist es das was jeder Mensch an der gleichen Stelle und Quelle verbraucht und benötigt: bei sich selbst.
Erzeuger und Ressource ist demnach er selbst.
Was heißt es also nun Energie zu verbrauchen?
Als Energieverbrauch beim Menschen wird der Grundumsatz jeglich verzehrter Kalorie gemessen. Tätigkeit und Zeit in Korrelation zu Nahrungsmenge und -art.

Tätigkeit...
Joggen ist nicht gleich joggen, harte körperliche Arbeit ist nicht gleich harte körperliche Arbeit und sitzende denkende auch nicht Ein- und Dieselbe.

Stellen wir uns einfach ein Gespräch mit unseren besten Freunden in einem gemütlichen Restaurant vor und gleichzeitig ein Gespräch bei einem Therapeuten.

Naheliegend, dass ein freundschaftliches Gespräch weniger an uns zehrt, als die therapeutische Vorbereitung auf unser nächstes Mitarbeitergespräch oder knochenharte Auflösung unserer seelischen Sorgen, Ängste und Nöte.

Laut Statistik heißt es 1 Stunde gedankliche Arbeit verbraucht x Kalorien = Energie.

Nehme man die kritische Frage auf wie viel Energie bei einer therapeutischen Arbeit oder gar Familienaufstellung verbraucht wird, gerät die Logik ins Wanken.

Statistiken abgeleitet müsse sich diese Formel also für „Seelenarbeit" in so und so viel Kalorienverbrauch oder Energieerzeugung umrechnen lassen können.
Bedenkt man jedoch die Momente, Jahre oder Jahrzehnte, die in einer solchen Sitzung aufgearbeitet werden und setzt es proportionalen Gesetzmäßigkeiten gleich, würde es bedeuten man geht bei jeder Sitzung in ein negatives Energielevel und müsste auf Notstromaggregate zurückgreifen.

In der Tat, es ist so! Jeder Kenner von Seelenarbeit weiß, dass man im Anschluss oft in Kürze enorme Unmengen jeglicher Nahrung in sich hinein schaufelt, weil man sich ausgemergelt und ausgezerrt fühlt. Regelrecht verbraucht! Wie soll man die Energie so schnell nachproduzieren?

Der tatsächliche Kalorienverbrauch gleich einer Diätform weist sicher jedoch nur wenige kcal-Zahlen auf.
Noch nie hat sich jemand die Mühe gemacht Familienaufstellungen und energetische Seelenarbeit in Kalorien- und Energieverbrauch umzurechnen.

Obgleich ich überzeugt bin, dass es ein äußerst schweres Projekt mit unmessbarem Ergebnis wäre, meine ich mit fester Überzeugung zu wissen wie ich schnell und mit Langzeiteffekt man auf einen Schlag mehr abnehmen kann als bei wochenlanger Diät:

in dem ich bei jeglicher Seelenarbeit all den schweren Ballast loslasse,
der einen jahrelang begleitet hat und man seinen Körper für ihn zur
Verfügung gestellt hat darin zu wohnen.

Diät beginnt also tatsächlich im Kopf!

Nachtrag:

Tatsächlich ist es der Energieverbrauch umgekehrt:

ich verbrauche zwar Energie, doch gewinne um ein Vielfaches dessen
zurück ohne zuzunehmen und baue neue Energiequellen auf.

Fundbüro für meine Träume

Durch diese eine Nacht ist mein Leben neu erwacht.
Vertrauensvoll verlangende Küsse,
deine liebevollen Berührungen,
deine zarten Lippen auf meiner Haut.
Zu spüren wie sehr es mich danach sehnt war das, wovor es mir zuvor
gegraut.
Seit dieser Nacht jedoch bin ich um vieles reicher,
zu wissen, gesuchte gepaarte Zärtlichkeit und Geborgenheit ist wirklich existent,
lässt mich spüren zu leben und hoffen und macht Entbehrung um
vieles weicher.

Gestern

Gestern ging's noch,
Gestern war alles noch o.k.
Gestern sprang ich noch fröhlich durch die Gassen.
Super gelaunt voller Energie und Tatendrang.
Gestern war ich noch überglücklich, dankbar für das Leben was ich in meinen Adern spüren durfte.
Der Adrenalinkick vom gerade gelaufenen Marathon noch in den Knochen im Ziel endorphin-gesteuert in deine Arme fallend. Meinen Sieg feierten wir mit Wein und Tanz, nachts tobten wir unseren Sex geradezu akrobatisch aus.
Was für ein unbändiges Glück, alles war perfekt. - Gestern!

Heute, heute erfahre ich daß mein Gestern bereits 1 Monat zurückliegt, den ich im Koma verbrachte.
Heute spüre ich weder Glück, noch Blut in meinen Adern pulsieren.
Seit heute weiß ich, dass meine Welt anders aussehen wird, nachdem ich am nächsten Morgen beim Überqueren der Straße zum Brötchen holen den LKW nicht gesehen hatte.
Den Rollstuhl werde ich ab heute jedoch täglich sehen.

Gestern, gestern war alles noch o.k.

Halbzeit

Sitze auf dem Balkon, ziemlich angetrunken,
sehe wie Wolken schnell vorüber ziehen,
gegenüber im Fenster flimmert ein Bildschirm,
rasend schnell wechselnde Bilder, ähnlich meinen Gedanken,
beobachte den rauchenden Nachbarn,
meine ausgestreckten Beine erreichen gerade eben die Balkonbrüstung,
Stuhl steht zu weit weg und ich bin zu faul ihn ran zu ziehen,
öffne die Packung Nougat Herzen, die du mir geschenkt hast und hätte weder gedacht, dass ich sie alleine esse,
noch, dass du mir fehlst,
wo du sie mir doch vor gerade 2 Monaten geschenkt hast, als wir
½ Jahr zusammen waren….noch….

Gut, dass wir gerade alleine sind, jeder für sich….

In erinnernder Liebe

Ich & Du

Himmelswesen und Schutzengel

Weißt du eigentlich wie schön das Leben ist?
Du empfindest es nicht so,
du kannst es noch nicht mal so sehen?
Klar, wie auch, für dich es ist draußen stock finster und außer den Sternen am Himmel kannst du nichts erkennen.
Ein guter Grund, um zu horchen was du fühlst...

Schau dich einmal um:
Sternschnuppen sind da, damit wir unserem Glück einen Ausdruck in Form eines hoffenden Wunsches geben oder glaubst du sie fallen freiwillig vom Himmel, weil sie es satt haben ‚herumzuhängen'?

Natürlich verstehe ich, wenn du manches als dunkel bezeichnest.
Doch warum heißt es wohl „Wein, Weib und Gesang"
und nicht „Bier, Kerl und Gegröle"?
Letzteres klingt eher zum ent-wöhnen oder zumindest zum um-denken.

Ja, wir Feen, Engel und Sterne auf Erden sehen Dinge meist so wie sie von Natur aus sein wollen:

Offen, funkelnd, grenzenlos und immer mit Aussicht darauf, dass es morgen viel heller erscheint und wir eine neue Weite des Lebens entdecken dürfen.

Das Leben ist schön!
Und nun muss ich gehen, denn es heißt für mich los unter den freien Himmel, um dir freudig zur Seite zu stehen.

Deine Fee und Schutzengel

Kernkraftwerk Glück

Ist Glück erlernbar oder ein Geschenk der Natur?

Unsinn, was hat die Natur damit zu tun? Höchstens mit der Natur des Menschen in uns, seinem Charakter, Einstellung, Haltung zum Leben.

Natürlich beeinflussen uns unsere Lebensumstände, doch haben Sie sich schon mal auf einer einfachen ‚Jaffakiste' (Orangenkiste) herzhaft wohl gefühlt, weil Sie Wärme bekommen haben durch die gesamte Umgebung oder des Menschen, der neben Ihnen saß?

Glück wird durch uns gemacht;
produziert, ebenso wie in einem Kernkraftwerk!

Lebenslang

Ich freue mich wie ein kleines Kind,
möchte alles auspacken, ganz geschwind.
Möchte spielen mit dem großen Pferdegespann,
die Frage im Alter ist nur wie und wann.

Ich habe neue Dinge entdeckt, die Kräfte weckten,
unbewusst, dass solche Wünsche in mir steckten.
Bisher Verborgenes sprießt hervor wie Sommersprossen,
habe es aufgesogen und dankbar genossen.

Ich wünsche mir es wird so weiter gehen,
beim letzten Augenblick möchte ich nicht länger stehen.
Das Leben ist zum Er-Leben da,
lebe Träume und mach m(d)ein Leben wahr.

Leben verlernt

Der Mensch ist ein Gewohnheitstier

Meine Damen, meine Herren, so geht es nicht,
Abwechslung hat ein nicht zu unterschätzendes Gewicht.
Eintönigkeit, Routine im emotionalen Bereich,
ist das, was alles tötet, wo alles entweicht.
Ist's programmiert oder Abwechslung im zeitlichen Rhythmus, Abläu-
fen, nicht gegeben,
hat es alles andere zu tun als mit leben.
Der regelmäßige – und nur dann stattfindende „Kick" –
bricht jedem Engagement, Privat oder Beruf, das Genick.
Eine gewisse Art von Routine und Gewohnheit gibt jedem Ego Sicherheit im Leben,
ist das, wo sich der Mensch geborgen fühlt und wonach wir streben.

Meist gilt für's Geben und Nehmen ganz klar ‚der Mensch ist ein Gewohnheitstier'
doch in emotionalen Wünschen, ein routiniert programmiertes Leben, bitte

nicht im Jetzt und Hier!

Leidenschaft pur

Wie schmeckt pure Leidenschaft?
So wie du oder so wie ich…?

Leidenschaft pur schmeckt nach meinen brennenden Lippen von deinem Kuss, obwohl der Letzte schon Stunden her ist.

Leidenschaft pur ist, dass sich das Blut auf einige wenige Stellen im Körper konzentriert.

Leidenschaft pur heißt der Bauch pulsiert im Sekundentakt.

Leidenschaft pur lässt das Venuszentrum glühen vor Lust,
dass man die Leidenschaft schmeckt schon bei der Vorstellung daran.

Leidenschaft pur schmeckt so gut, dass man gerne mehr davon haben möchte.

Leidenschaft pur schmeckt wie … einfach an dich zu denken!

So schmeckt Leidenschaft!

LOS LASSEN

Aus lassen

        Be   lassen

                Sein lassen

Ein   lassen

        Ge   lassen

                Unter lassen

Los   lassen

        Über lassen

                Ver   lassen

                Weg lassen

Mathematisch korrekt?

…Liebesformel…

Gibt es für die Liebe eine Formel?

z.B.

      Liebe = Vertrauen ÷ Geborgenheit x Zärtlichkeit

oder

      Zärtlichkeit = Liebe ÷ Vertrauen und Zärtlichkeit

oder

      Vertrauen und Geborgenheit = Liebe ÷ Zärtlichkeit

Mathematisch korrekt umgestellt.
Doch sollte es so einfach sein?

Ich denke nicht - und es ist gut, dass man Liebe nicht berechnen kann
und darf!
Sie ist unberechenbar,
doch wenn sie vorhanden ist, geht die Formel immer auf

Nachtflug

Weißt du, wie nervig es ist, wenn in aller Frühe Flugzeuge neben deinem Bett starten? Kannst du dir das vorstellen?

Bei unserem ersten Treffen hast du mich geküsst. Eigentlich wollte ich dich auf die Wange küssen. Alles andere erschien mir viel zu früh, doch du wolltest den Kopf nicht anders drehen. Langsam und vorsichtig tasteten sich unsere Lippen näher. Beinahe ähnlich einem Jet, der langsam auf der Startbahn rollt, den vorgegebenen Linien folgend. Immer mehr entfernte sich der Jet vom Tower und bekam seine Befehle plötzlich von einer anderen Schaltzentrale gesendet.
Als er das Rollfeld verließ war das Kribbeln deutlich überall zu spüren.

Heute, bei deinem Kuss zur Nacht, kam die Erinnerung daran hautnah.
Eine Petition zum Nachtflugverbot gegen Schmetterlinge im Bauch würde ich nicht unterschreiben….

Nachttauchgang

Als ich dich das erste Mal sah machtest du einen unnahbaren Eindruck.
Sehr distanziert und dass du diese Position mit Absicht wählst. Als ob du in Ruhe gelassen werden wolltest, weil dich permanent jemand angestarrt.
Was für ein kalter Fisch. Es wirkte nahezu arrogant.
Irgendwie für mich jedoch interessant.
Zumindest von außen betrachtet.

Trotz mehrmaligen Begegnungen gleitest du nahezu achtlos an mir vorbei, so dass ich dich bereits abgeschrieben hatte.

Mit gleicher Distanz ließ sich eine Begegnung nicht vermeiden, als ich dein Reich kreuzte. Warum auch immer, diesmal konntest du nicht drum herum mich zu erblicken. Sogar mehr, du beäugtest nun umgekehrt mich.

Deine grünen Augen funkelten mir entgegen und weckten mein Interesse erneut. Hinter dem schuppigen Äußeren schien man etwas zu vermuten, was nach sich nach Tiefe und Wärme sehnte, obgleich es äußerlich sich im kalten Wasser Zuhause fühlen würde.
Zumindest tagsüber betrachtet.

Bei unserem nächsten Aufeinandertreffen verharrten wir nahezu an aufeinander getroffener Position. Strömungen ließen wir vorbeiziehen ohne uns davon zu beeinflussen. Die Klimatabelle hatte abnehmende Tendenz, während unsere eigene Temperatur in die Höhe stieg.
Zumindest von innen betrachtet.

Der Gedanke sich nachts in Augenschein zu nehmen kam gewissermaßen gemeinsam.

Obgleich es dunkel war funkelten mich deine grünen Augen an wie Smaragde, deine Schuppen waren glänzender Haut gewichen.
Statt Kühle spürte ich deine abgebende Wärme.
Statt Dunkelheit wohltuendes Licht als wir in die Nacht eintauchten und du in mich.

Als ich mich auf dieses Wagnis einließ hatte ich weder gehofft, noch vermutet was mich erwarten und wie schön dieser Nachttauchgang werden könnte.

Von innen und außen betrachtet...

Nagetier

Wenn's wirklich so sehr nagt und an dir frisst,
mach dir eines ganz gewiss:
es wird so bleiben wie es ist,
weil der Mensch, der es ändern kann du derjenige bist.

Nicht einen Cent wert…

Es ist immer wieder schön, wenn sich Menschen ab und zu daran
erinnern, dass sie statt eines Euro in der Hosentasche auch ein Herz
unter dem Mantel tragen.

Schönheit, Esprit, Emotion
- ungeachtet, ob Schein oder Sein

Deine Augen funkeln Neugierde und Abenteuerlust,
dein Lachen strahlend wie die Sonne,
deine vollen und wohlgeformten Lippen schmecken nach Leidenschaft,
deine reinweißen Zähne zeigen bissfeste Zielstrebigkeit,
dein frisches Gesicht, schön und anmutig, versprüht kecke Energie
und verspricht Esprit.

Schön- oder Pioniergeist?
Es lädt ein darin zu baden.
Es kribbelt überall und lässt mich meine Wissenslust spüren.
Angesteckt von deiner Aura möchte ich auf Entdeckungsreise gehen.

Bei dir möchte ich anfangen.

Ski heil

Waren Sie schon mal im Skiurlaub?
Fahren Sie noch dies' Jahr?
Sicherlich wissen Sie, dass solch ein Urlaub nicht nur Spaß bringt, sondern auch gewisse Hürden, als auch Gefahren beinhaltet.
Zuerst einmal muss man den lästigen Aufwand betreiben an Skigymnastik oder ähnlichen Dehnungs- und Fitnessübungen teil zu nehmen.
Dann kommt die Packsession. Passt neben dicken Skiklamotten noch das kleine Schwarze in den Koffer kann es losgehen.
Obwohl, wer sieht das schon beim Aprés-Ski?
Auf der Hütt'n geht die Gaudi ab, unterm Skioverall würd es zwicken und kneifen und die meisten Holzhackerburn' sind eh schnell betrunkener als sie gucken können. Also heißt's gut wedeln und los.

Aber erzählen doch Sie mal von Ihrem Skiurlaub...
Auch, wenn Sie aus heutiger Sicht vielleicht gut darauf verzichten könnten, haben Sie schon dort mal ernste Erfahrungen gemacht?
Beim Karnevalsski in St. Engelbert, Weihnachten in St. Moritz oder Ostern in Serfaus?

I scho', und schön bis komisch war's eh.
Von Eisbären an der Pistenbar bis Transport ins Tal per Schneeschlittentragbare und Heli wegen Skiunfall war alles dabei. Ganz zu schweigen dann die Freunde unten an der Talstation auf Krücken statt mit Ski zu empfangen, dafür aber mit einem Kurzen ‚Willi oder Feigling'.

Manchmal im Kopf verkramt, doch irgendwie herrlich, unauslöschlich. Erinnerungen poppen durch alte Fotos oder Gespräche hoch oder sei es nur, weil sich ein Freund aus dem Urlaub zurück meldet.
So, wie mein Freund Frank neulich.....
Nachdem ich seine Nachricht gelesen habe antwortete ich wie folgt:

„Mein lieber Frank,
wie schön, dass du aus dem Urlaub zurück bist.
Ich freue mich grad ganz doll von dir zu hören. Ich habe viel zu erzählen.
Nicht so schön allerdings von deiner Grippe während deines Skiurlaubes zu erfahren. Dann hast du sicher wenig vom Urlaub gehabt.
Allerdings bleibt mir der Trost, dass du dir somit nichts auf der Piste gebrochen hast.

Nun denn, Herzen kann man sich überall brechen…..“

Spiegelneuronen

- Mein Lächeln in deinen Augen

Ich sehe dich an und deine Augen strahlen.
Wir reden über dies und das.
Zwischendurch ertappe ich mich, dass ich gar nicht weiß wovon.
Irgendwann, irgendwo sind meine Gedanken abgeschweift, während
ich bei dir war.
Als du mich plötzlich daraus erweckst und fragst warum ich so grinse
die ganze Zeit.
- Tue ich das? – Oh!

Ich war bei dir und doch ganz fern, aber mit dir.
Mein strahlendes Lächeln war nur die Resonanz deiner funkelnden
Augen, die sich nicht abwenden, sondern satt sehen wollen an mir.

Stolze Krieger

Aus und vorbei,
natürlich ist es euch nicht einerlei.
Doch woher nimmst ihr das Recht euch einander so zu behandeln,
welchen Grund gibt es euer Verhalten so zu wandeln?
Ich frage mich wie viel noch ist zwischen euch zu retten,
so oft spüre selbst ich statt Begehren und Liebe Kälte und Gewohnheit, gar Pflicht als Ketten.
Habt ihr euch so sehr getäuscht, blenden lassen von dem Bild, dass
ihr saht voneinander, jeweils ‚in Dir‘,
im großen Traum, dem Wunsch auf unser gemeinsames WIR?
Mittlerweile, zu wenig erfahrt ihr beide Bestätigung der eigenen Per-
son, Interesse an Gefühlen, Gedanken,
was bringt euer Gefühl zu euch spiegelbildlich ins Wanken.
Bei Disharmonie es kommen euch selten Worte über die Lippen der
Entschuldigung,
euer Stolz hindert euch daran, bricht nicht nur eure Harmonie, sondern bringt sie um.
Wie stolz seid ihr gewesen zu sein die und der Dein,
doch nun seid auf dem besten Wege euch zu entzweien.

Stoßweise wärmer

Was verbindest du mit dem Gedanken?
Zärtlich sinnliche Berührungen wohl weniger,
Temperaturanstieg sicherlich eher.
Körperkontakt?
Doch muss es etwas mit Sex zu tun haben, sogar im Sinne von ‚nicht alltäglich oder unanständig'?

Egal, ob du es magst oder dich aus Angst vor deinen eigenen Emotio-nen von mir äußerlich distanziert hast; es interessiert meinen Wunsch nicht, ja, er richtet sich nicht danach!

So sende ich dir liebevolle Gedanken und es wird mir stoßweise wärmer ums Herz.

(Ausschnitt aus Originalfoto, Großaufnahme auf Seite 87)

Tacheles

Schon oft habe ich dich sagen hören: ich, unser Zusammensein tut dir gut,
mein Wesen, meine Art, es machen dir meine Ehrlichkeit und offenen Rückmeldungen Mut,
dich zu verändern, Ansichten mit offenerem Blick gegenüber zu stehen,
doch nun sagst du mir ich solle gehen.

Was willst du eigentlich von mir,
warum hast du mich zu dir geholt, warum bin ich hier mit dir?
Rede endlich mal Klartext, was dir auf Herz und Seele brennt,
denn sonst bin ich es diesmal, die aus unserem Leben rennt.

Du zeigst keinen Biss, kämpfst nicht um Dinge, die dir angeblich so sehr sind wichtig,
dabei warst du derjenige, der anfangs stets darauf gepocht hat: einzig seine Prinzipien zu vertreten sei richtig.
Die Wertigkeit der Dinge scheint sich bei dir verändert zu haben,
Erfüllung und das Glück der Gefühle scheint heute für dich eine lästige Gabe.

Was willst du eigentlich von mir,
warum hast du mich zu dir geholt, warum bin ich hier mit dir?
Rede endlich mal Klartext, was dir auf Herz und Seele brennt,
denn sonst bin ich es diesmal, die aus unserem Leben rennt.

Du hast mich darum gebeten dir zu helfen in deinem Bestreben,
doch mit all deinem Verhalten dokumentierst du: du hast dich schon längst aufgegeben.
Leidenschaft ist für dich nur ein Wort, was du kennst aus Film und TV,
doch hast du es schon einmal erlebt, in einer Beziehung, der Liebe zu einer Frau?

Wann hast du dich je eingesetzt für das, was einzig nur du aus tiefstem Herzen willst,
um glücklich zu sein, erfüllt und damit du deine Sehnsüchte des Lebens stillst?
Dein ganzes Leben hast du nach Wünschen Anderer ausgerichtet
und nicht bemerkt wie sehr du hast dich selbst vernichtet.

Was willst du eigentlich von mir,
warum hast du mich zu dir geholt, warum bin ich hier mit dir?
Rede endlich mal Klartext, was dir auf Herz und Seele brennt,
denn sonst bin ich es diesmal, die aus unserem Leben rennt.

Immer noch bin ich auf unerklärliche Weise angezogen von dir und gebannt,
doch wie soll ich dir jetzt noch helfen, nachdem ich mich schon so sehr habe verbrannt?
Meine Worte haben dir bisher nicht so recht geholfen, waren sie noch so lieb, ehrlich oder offen,
aus Unverständnis haben sie dich doch meist nur noch mehr verwundet und getroffen.

Du bist so verbissen darin zu sehen was nicht verzeichnet werden kann als positiv,
manifestierst einen Misserfolg, anstatt zu erkennen, dass es ebenso ist ein Additiv.

Was willst du eigentlich von mir,
warum hast du mich zu dir geholt, warum bin ich hier mit dir?
Rede endlich mal Klartext, was dir auf Herz und Seele brennt,
denn sonst bin ich es diesmal, die aus unserem Leben rennt.

Traumerfüllung

Welchen Traum ich mir als erstes erfüllen möchte ist eine gute Frage. „Träume nicht dein Leben, sondern lebe deinen Traum" ist ein weit bekannter Satz.

Ich stehe den Worten „das Ziel bestimmt den Weg" und dem Widerspruch „der Weg bestimmt das Ziel" etwas skeptisch gegenüber.

Wer sagt einem denn was richtig ist?

Ich glaube einzig und allein der Bauch, wenn man es in verschiedene Richtungen versucht hat. Es ist besser es so zu nehmen wie es kommt. Zwar Wunsch- und Zielgerichtet zu agieren, doch als ich in eine andere Stadt gezogen bin wurde ich empfangen mit „Leben ist das was passiert, während man andere Pläne macht".
Tatsächlich kommt es häufig anders als man denkt und wenn man zu sehr seinem Ziel hinterher jagt überrennt man oft sich selbst.

Tja, also nehme ich einfach jeden meiner Wünsche der nun erfüllt wird, egal in welcher Reihenfolge.
Ich glaube das nennt man dann kleine Dinge anerkennen, nicht alles im Leben selbstverständlich nehmen – denn absolut nichts ist das (!) – und dankbar zu sein, für das was man im Leben geschenkt bekommt.

So bekommt TRAUMERFÜLLUNG eine ganz andere Bedeutung und wir werden gewahr wie oft Träume in unserem täglichen Leben erfüllt und bei Tag gelebt werden.

Wunden der Seele

Wie oft hat man sich bereits ins eigene Fleisch geschnitten?

Sitze in einem wunderbaren Restaurant an einem Ort an dem man glaubt alles sei perfekt.
Wunderbare Kräfte und Energien sind geflossen.
Jeder weiß, dass das Leben kein Spaziergang ist.
Doch jeder weiß auch, dass es jeden Tag auf's Neue unsere Wahl ist das Leben in die Hand zu nehmen und zu gestalten.
Wir spielen die Regie, bestimmen das Programm, Tempo und Rhythmus; wenn wir es nur wollen und zulassen.

Während aller Leichtigkeit erscheint ein kleines pummeliges Mädchen, falsche Ernährung mangels Geld sichtbar, elterlicher Führung, Möglichkeiten, Aufklärung und Wissen dessen offensichtlich.

Sie geht von Tisch zu Tisch und bietet eingewickelte Rosen an.
2,- Euro pro Stück. Wow, happig für den Ort an dem ich mich aufhalte. Obgleich meiner Anteilnahme an ihrer Armut würde meine Mitleidsgabe ihre Einstellung zu Gaben und Geld verderben, statt ihr einen Gefallen zu tun und zu helfen.
Entschlossen und mit eiserner Miene geht sie auf 1,- Euro ein.
Mein Portemonnaie bietet nicht das passende Kleingeld, der geringere Preis wird ihrerseits mit resolutem Gesichtsausdruck nicht akzeptiert. Die bereits abgelegte Rose nimmt sie wieder an sich: " Sorry, 1 Euro", höre ich ihre Stimme sagen.

Der Blick ist so unendlich traurig, dass die Welt darin untergehen könnte. Mein Appetit auf Dessert ist verschwunden.
"Süße, warum gehst du nicht ins Bett? Es ist schon spät für dich."
Sie zuckt mit den Schultern, schlägt die Augen nieder.

Kinderarbeit - als letztes Mittel der Armut und Einsamkeit .....?
Liebste Erde,
Wie weit ist es mit uns bereits gekommen?

Zusammenhalt

Halt oder losgelöst sein

Ahnungslos

    Haltlos

        Hilflos

            Hoffnungslos

               Kraftlos

                  Leblos

                     Lustlos

                        Mutlos

                           Reglos

Manchmal ist zusammen zu halten doch besser als los zu lassen.

Zwischen Lenden und Leidenschaft

Zwischen Liebe und Leidenschaft,
wer hätte das gedacht, doch letztendlich
das Herz darüber entscheidet und wacht.

Zwischen Lust und Leidenschaft,
wer hätte das gedacht,
es sind die Triebe, die schon manch Feuer haben entfacht.

Zwischen Lendendruck und Leidenschaft,
wer hätte das gedacht,
die Lust – und nicht der Verstand – entscheidet oder siegt, was der
Mensch dadurch so macht.

Wie oft träumen Sie?

Welche Träume verwirklichen Sie?

Stellen Sie sich manchmal die Frage, ob Sie träumen oder eher Ihrem Leben hinterher jagen?

Vielleicht konnte ich Sie durch meine Worte inspirieren ein wenig mehr zu träumen, Ihre Träume anders zu betrachten und zu versuchen sie zu verwirklichen.

Denn ohnehin bahnt sich seinen Weg, was kommen will.
Sie glauben das nicht?
Dann fragen Sie sich doch einmal wie viele Menschen Sie kennen, die ihre (nächtlichen) Träume tatsächlich beeinflussen können?

Drehen Sie es einfach um und machen Sie Pläne für das Leben.

Lassen Sie sich treiben und denken bitte daran:

Das, was in uns steckt, tragen wir immer bei uns, egal an welchem Ort:

Unserer Träume.

Originalaufnahme von Seite 73

Entdeckt und fotografiert auf dem Weg zu einer Kleiderspenden-
aktion für ein Frauenhaus.

© Heike Kessel

Raum für eigene Notizen....

_____

_____

_____

_____

_____

_____